Knaur®

Von Daniel Kleinworth sind außerdem als
Knaur-Taschenbücher erhältlich:

»365 Liebeserklärungen« (Band 2879)
»365 Gedanken zum Frieden« (Band 2880)

Die Postkartenbücher

»Liebes Kätzchen« (Band 1900)
»Alles Gute zum Geburtstag« (Band 1901)
»Meine Hände reich' ich Dir« (Band 1903)
»Vergiß mein nicht« (Band 1904)
»Fröhliche Weihnachten« (Band 1905)
»Schwein muß man haben« (Band 1906)
»Ich denk an Dich das ganze Jahr« (Band 1907)
»Fröhliche Ostern« (Band 1935)
»Ein dicker Blumenstrauß für Dich« (Band 1936)
»Lieber Schnuffelhund« (Band 1937)
»Geliebte Freundin« (Band 1938)
»Kinder, Kinder« (Band 1939)
»Glücksgefährte« (Band 1940)

Die Weihnachtsbücher

»Von des Winters Dunkelheit zum Licht« (Band 2016)
»Draußen ziehen weiße Flocken« (Band 2062)
»Fröhliche Weihnacht überall« (Band 2063)

365 boshafte Gedanken

Ein Denkzettel für jeden Tag

Hinterlistig zusammengestellt und herausgegeben von Daniel Kleinworth

Knaur

Originalausgabe 1990

Umschlaggestaltung Manfred Waller
Umschlagillustration Prof. Werner Klemke
Satz IBV Satz- und Datentechnik GmbH, Berlin
Druck und Bindung Ebner Ulm
Printed in Germany
2 4 5 3 1
ISBN 3-426-02881-6

1

Ein Zitat
ist besser als ein Argument.
Man kann damit in einem Streit die Oberhand
gewinnen, ohne den Gegner überzeugt zu haben.

Gabriel Laub

2

Über
manche Gedankenlücke
bilden Zitate die Eselsbrücke.

Ludwig Fulda

3

Der Aphorismus
will nicht Dumme gescheit,
sondern Gescheite nachdenklich machen.

Sigmund Graff

4

Mancher Aphorismus
ist das Grabmal eines frühzeitig verstorbenen
großen Gedankens.

Hermann Bahr

5

In keiner Sprache
kann man sich
so schwer verständigen
wie in der Sprache.

Karl Kraus

6

In fremden Sprachen
kommt man sich besser vor;
darum erlernt man rasch und zuerst
ihre Schimpfwörter.

Elias Canetti

7

Selig der Mann,
der nichts zu sagen hat
und davon absieht, diese Tatsache
durch Worte zu beweisen.

George Eliot

8

Die Sprache
ist dem Menschen gegeben,
um seine Gedanken zu verbergen.

Talleyrand

9

Zu verlangen,
daß einer alles, was er je gelesen, behalten hätte, ist
wie verlangen,
daß er alles, was er je gegessen hätte, noch bei sich
trüge.

Schopenhauer

10

Es gibt
kaum etwas Schöneres,
als dem Schweigen eines Dummkopfes zuzuhören.

Helmut Qualtinger

11

Ich hätte
viele Dinge begriffen,
hätte man sie mir nur nicht erklärt.

Stanislaw Jerzy Lec

12

Konversation
ist die Kunst, zu reden,
ohne zu denken.

Victor de Kowa

13

Grammatik
ist die Kunst des vollkommensten Ausdrucks
bei geringster Auffälligkeit.

Heimito von Doderer

14

Meine Sprache
ist die Allerweltshure,
die ich zur Jungfrau mache.

Karl Kraus

15

Ein Buch ist ein Spiegel:
wenn ein Affe hineinsieht,
so kann kein Apostel herausgucken.

Lichtenberg

16

Sich amüsieren
heißt etymologisch: Die Muse loswerden.
Amüsement wäre also
das Vergnügen der Plattköpfe.

Johann Gottfried Seume

17

Wenn ein Buch
und ein Kopf zusammenstoßen
und es klingt hohl,
ist es allemal das Buch?

Lichtenberg

18

Den wahren Kunstkenner
erkennt man daran, daß er bei Aktbildern
Höchstpreise für die Adresse des Modells
zahlt.

Jacques Tati

19

Es ist von jeher
eine der wichtigsten Aufgaben der Kunst gewesen,
eine Nachfrage zu erzeugen,
für deren volle Befriedigung
die Stunde noch nicht gekommen ist.

Walter Benjamin

20

Kunstwerke
werden um so weniger genossen,
je mehr einer davon versteht.

Theodor W. Adorno

21

Es gibt den Maler,
der aus der Sonne einen gelben Fleck macht,
aber es gibt auch den,
der mit Überlegung und Handwerk
aus einem gelben Fleck eine Sonne macht.

Picasso

22

Die meisten Dummheiten
in der Welt muß sich wahrscheinlich
ein Gemälde in einem Museum anhören.

Edmond Goncourt

23

Das längste Gedächtnis
auf der Welt haben Elefanten
und Künstlerwitwen.

Daniel-Henry Kahnweiler

24

Je ernster ein Kritiker
seine Kritik nimmt,
desto kritischer wird er
seinen Ernst nehmen.

Morgenstern

25

Kritik
ist die subtile Rache der Journalisten
an den Satirikern dafür, daß diese
auch wegen der Journalisten
Satiriker geworden sind.

Werner Schneyder

26

Manche Schriftsteller
schreiben nur
ab und zu,
vor allem ab.

Heinz Erhardt

27

Die Literatur
muß so leicht werden, daß sie
auf der Waage der heutigen Literaturkritik
nichts mehr wiegt:
Nur so wird sie wieder gewichtig.

Friedrich Dürrenmatt

28

Besser
ein anregender Pornograph
als ein mausetoter Klassiker.

Ludwig Marcuse

29

Auch die Bretter,
die man vor dem Kopf hat,
können die Welt bedeuten.

Werner Finck

30

Nie
hat ein Dichter die Natur so frei ausgelegt
wie ein Jurist die Wirklichkeit.

Jean Giraudoux

31

Bei manchem Werk
eines berühmten Mannes
möchte ich lieber lesen, was er weggestrichen hat,
als was er hat stehen lassen.

Lichtenberg

32

Fernsehen
ist Kaugummi für die Augen.

Orson Welles

33

Die
Entwicklung eines TV-Drehbuchs
zum fertigen Produkt
ähnelt manchmal der Verwandlung
eines Schmetterlings in eine Raupe.

Henry Fosdick

34

Manche Leute
auf dem Bildschirm kennt man nur
vom ständigen Wegschauen.

Fritz Muliar

35

Der Verstand
ist groß, das sättigt;
der Witz ist Gewürz,
das eßlustig macht.

Ludwig Börne

36

Es ist schlimm,
in einem Land zu leben,
in dem es keinen Humor gibt.
Aber noch schlimmer ist es,
in einem Land zu leben,
in dem man Humor braucht.

Brecht

37

Dieser unvergleichliche Ringelnatz
hat den Stein der Narren entdeckt,
welcher dem der Weisen
zum Verwechseln ähnlich sieht.

Alfred Polgar

38

Scherz
ist die drittbeste Tarnung.
Die zweitbeste: Sentimentalität.
Aber die beste und sicherste Tarnung
ist immer noch die blanke und nackte Wahrheit.
Die glaubt niemand.

Max Frisch

39

Damit unsere Sprache
nicht noch mehr militarisiert wird,
müssen wir aufpassen
wie die Schießhunde.

Friedrich Nowottny

40

Die Federn,
die gegen Abrüstung schreiben,
sind aus demselben Stahl gemacht,
aus dem die Kanonen sind.

Aristide Briand

41

Da die Völker
nur Lehrer für sechshundert Mark
sich leisten können, bleiben sie so dumm,
daß sie sich Kriege
für sechzig Milliarden leisten müssen.

Morgenstern

42

Wehe dem Staatsmann,
der sich in dieser Zeit
nicht nach einem Grunde zum Kriege
umsieht, der auch nach dem Kriege
noch stichhaltig ist.

Bismarck

43

Manche Leute
drücken nur deshalb ein Auge zu,
damit sie besser zielen können.

Billy Wilder

44

Ein Phänomen,
das man täglich beobachten kann:
je militärfeindlicher die Gesinnung,
desto uniformer die Kleidung.

Etienne Lacoste

45

Die gerechte Entrüstung
ist leider viel seltener
als die ungerechte Rüstung.

Ringelnatz

46

Der Krieg ist ein Vorgang,
bei dem sich Menschen umbringen,
die einander nicht kennen,
und zwar zum Ruhm und zum Vorteil von Leuten,
die einander kennen,
aber nicht umbringen.

Paul Valéry

47

Die
rivalisierenden Teile der Menschheit
werden sich eines Tages,
statt in Schlachten und Wirtschaftskonferenzen,
in der Kunst, kleine Kuchen herzustellen,
bekämpfen.

Joseph Fouché

48

Fortschritt
wäre wunderbar –
wenn er einmal aufhören würde.

Robert Musil

49

Der Fortschritt
ist absolut humorlos,
weil er den Optimisten ausgeliefert ist.

Heinrich Böll

50

Geh mit der Zeit,
aber komme von Zeit zu Zeit
zurück.

Stanislaw Jerzy Lec

51

Du
willst nach deinen Absichten bemessen sein
und nicht nach deinen Wirkungen?
Aber woher hast du denn deine Absichten?
Aus deinen Wirkungen!

Nietzsche

52

Leider gibt es Leute,
die die Erfindung des Telefons
noch nicht mitbekommen haben
und die deshalb,
statt am Telefon miteinander zu reden,
sich der Medien bedienen.

Johannes Rau

53

Das
nach mir benannte Naturgesetz besagt,
daß etwas schiefgeht,
wenn es schiefgehen kann. Es besagt ferner,
daß unter mehreren Möglichkeiten
des Schiefgehens
die schlimmste die Regel ist.

Ed Murphy

54

Er lernte etwas Neues,
nämlich daß der sicherste Weg,
etwas tun zu wollen und es dann zu tun,
der ist, zu versprechen,
es nicht zu tun.

Mark Twain

55

Ein Unterschied:
Nicht das Genie ist hundert Jahre
seiner Zeit voraus,
sondern der Durchschnittsmensch
ist um hundert Jahre
hinter ihr zurück.

Robert Musil

56

Die Ärzte
haben es am besten von allen:
ihre Erfolge laufen herum
und ihre Mißerfolge werden begraben.

Jacques Tati

57

Um
an die Quelle zu kommen, muß man
gegen den Strom schwimmen.

Stanislaw Jerzy Lec

58

Der vernünftige Mensch
paßt sich der Welt an;
der unvernünftige besteht auf dem Versuch,
die Welt sich anzupassen.
Deshalb hängt aller Fortschritt
vom unvernünftigen Menschen ab.

Shaw

59

Wir meinen
die Natur beherrschen zu können,
aber wahrscheinlich hat sie sich nur
an uns gewöhnt.

Karl Heinrich Waggerl

60

Die Verhaltensforschung
hat die Humanisierung der Tiere
ersetzt durch die Animalisierung des Menschen.
Früher hatten wir
anthropomorphe Vorstellungen von Ratten,
jetzt haben wir rattomorphe Anschauungen
über den Menschen.

Arthur Koestler

61

In einem modernen Haushalt
funktioniert alles mit Hilfe von Knöpfen,
ausgenommen die Anzüge des Hausherren.

Jimmy Durante

62

Es steht mehr Geld zur Verfügung,
um zu erforschen, wie sich künftige
Weltraumfahrer ernähren sollen,
als für die Erforschung der Frage,
wie sich fast zwei Milliarden hungrige
Erdenbewohner am Leben erhalten könnten.

Robert Jungk

63

Hoffnung
ist ein gutes Frühstück,
aber ein schlechtes Abendbrot.

Francis Bacon

64

Das Glück
besteht nicht darin, daß du tun kannst,
was du willst, sondern darin,
daß du auch immer willst, was du tust.

Tolstoj

65

Begeisterung
ist keine Heringsware,
die man einpökelt auf einige Jahre.

Goethe

66

Überzeugungen
sind Krankheiten, die durch Begeisterung
übertragen werden.

Siegfried Lenz

67

Ein Held
ist einer, der tut, was er kann.
Die andern tun das nicht.

Romain Rolland

68

Was ist ein Zyniker?
Ein Mann, der den Preis von allem
und den Wert von nichts kennt.

Oscar Wilde

69

Der Misanthrop
behauptet, die Menschheit
wegen ihrer Schwäche zu verachten.
Die Wahrheit ist, daß er sie
wegen ihrer Stärke haßt.

Chesterton

70

Trenne dich nie
von deinen Illusionen!
Sind sie verschwunden,
so magst du noch existieren,
aber du hast aufgehört zu leben.

Mark Twain

71

Nur Pessimisten
erleben freudige Überraschungen.
Optimisten haben davon keine Ahnung.

Peter Bamm

72

Er verkaufte sich
für einen so niedrigen Preis,
daß man ihn getrost
einen Idealisten nennen konnte.

Wieslaw Brudzinski

73

Extreme Idealisten
sind immer Feiglinge,
sie nehmen vor der Wirklichkeit Reißaus.

Jakob Boßhart

74

Man
kann auch hinauffallen.
Und solche Fälle sind die tiefsten.

Peter Hille

75

Gott
ernähret die Vögel unter dem Himmel –
und im Winter läßt er sie
verhungern.

Jules Renard

76

Von manchen Menschen
sollte man sagen,
daß sie Gott nicht fürchten,
sondern Angst vor ihm haben.

Diderot

77

Gott hat nur Wasser
geschaffen, aber der Mensch
machte den Wein.

Victor Hugo

78

Gewiß ist der Mensch
völlig verrückt;
er kann keinen Wurm machen,
aber Götter macht er dutzendweise.

Montaigne

79

Wenn man sieht,
was der liebe Gott auf der Erde
alles zuläßt, hat man das Gefühl,
daß er immer noch experimentiert.

Peter Ustinov

80

Die Religionen
sind wie die Leuchtwürmer:
sie bedürfen der Dunkelheit, um zu leuchten.

Schopenhauer

81

Der Mensch
hat zwei Beine und zwei Überzeugungen:
eine, wenn's ihm gut geht, und eine,
wenn's ihm schlecht geht.
Die letztere heißt Religion.

Tucholsky

82

Religion
muß immer noch zugelassen werden
als Nebensicherheit für die Tugend.

Lord Chesterfield

83

Es ist eine leichte Sache,
hungernde Menschen zu bekehren,
wenn man ihnen entgegenkommt
mit einer Bibel in der einen Hand
und einem Stück Brot in der andern.

Shaw

84

Die Arznei
macht kranke, die Mathematik traurige
und die Theologie sündhafte Leute.

Luther

85

Der größte Aberglaube
ist der Glaube an die Vorfahrt.

Jacques Tati

86

Mit dem Aberglauben
ist es so eine Sache.
Ich habe noch keinen Menschen getroffen,
der sein dreizehntes Monatsgehalt
zurückgegeben hätte.

Fritz Muliar

87

Die
klimatischen Bedingungen in der Hölle
sind sicher unerfreulich,
aber die Gesellschaft dort
wäre von Interesse.

Oscar Wilde

88

Oft
scheint der Teufel an die Tür zu klopfen,
und es ist doch nur der Schornsteinfeger.

Hebbel

89

Der Nachteil
des Himmels besteht darin,
daß man die gewohnte Gesellschaft
vermissen wird.

Mark Twain

90

Meine persönliche Theologie
besteht in der Vorstellung,
daß die Welt zwar im Konzept diktiert,
aber nicht unterschrieben worden ist.

Christopher Morley

91

Von Nichts
kann man nicht leben, hört man oft,
besonders vom Pfarrer.
Und gerade die Pfarrer bringen es zuwege:
das Christentum existiert nicht –
aber sie leben davon.

Kierkegaard

92

Nicht der Priester,
die Anbetung schafft den Götzen.

Ludwig Börne

93

Ein katholischer Pfaffe
wandelt einher,
als wenn ihm der Himmel gehöre;
ein protestantischer Pfaffe hingegen
geht herum, als wenn er den Himmel
gepachtet habe.

Heine

94

Der Arzt
sieht den Menschen
in seiner ganzen Schwäche,
der Advokat in seiner ganzen Schlechtigkeit
und der Priester in seiner ganzen Dummheit.

Schopenhauer

95

Der einzige Unterschied
zwischen dem Heiligen und dem Sünder ist,
daß jeder Heilige eine Vergangenheit
und jeder Sünder eine Zukunft hat.

Oscar Wilde

96

Ein Heiliger
ist ein toter Sünder,
bearbeitet und neu herausgegeben.

Ambrose Bierce

97

Gefängnisse
werden aus den Steinen
der Gesetze errichtet,
Bordelle aus den Ziegeln der Religion.

William Blake

98

Die Weltanschauungen
mancher Menschen
gleichen lächelnden Festungen.

Morgenstern

99

Gib mir
Keuschheit und Enthaltsamkeit –
aber jetzt noch nicht!

Augustinus

100

Es
ist immer ein heiter stimmender Anblick,
wenn Prinzipienreiter abgeworfen werden.

Werner Finck

101

Eingebildete Leute
haben mir nie leid getan,
denn sie tragen ja ihren Trost
mit sich herum.

George Eliot

102

Alte Spiegel
sind nachsichtiger zu uns –
sie haben schon viel gesehen.

Wieslaw Brudzinski

103

Warum
kann man sein Bild im Spiegel
nie ganz genau kennenlernen?
Weil man sich im Spiegel
nie unbeobachtet sehen kann.

Jakob Boßhart

104

Ohne den Mut
verkleinern zu wollen,
mit dem manche ihr Leben geopfert haben,
sollten wir auch jenes Mutes nicht vergessen,
mit dem andere ihr Leben gelebt haben.

John F. Kennedy

105

Es gibt
eine Reihe guter Vorkehrungen
gegen die Versuchung;
doch die sicherste ist die Feigheit.

Mark Twain

106

Aschehaufen
haben es gern, wenn man sie
für erloschene Vulkane hält.

Wieslaw Brudzinski

107

Das menschliche Herz
hat eine fatale Neigung,
nur etwas Niederschmetterndes
Schicksal zu nennen.

Camus

108

Die
wahre moralische Vornehmheit
besteht in der Kunst,
seine Siege als Niederlagen
zu kostümieren.

Emile M. Cioran

109

Das menschliche Plagiat,
das am schwersten zu vermeiden ist,
ist das von sich selbst.

Marcel Proust

110

Strenge Moralisten sagen,
daß man sich alle Leidenschaft
abgewöhnen soll.
Das ist ungefähr so, als wenn man
einem Mann in zu engen Schuhen sagt,
er solle sich die Füße
amputieren lassen.

Nestroy

111

Wir
haben alle Kraft genug,
um andrer Mißgeschick zu ertragen.

La Rochefoucauld

112

Wie glücklich
würde mancher leben,
wenn er sich um anderer Leute Sachen
so wenig kümmerte als um seine eigenen.

Lichtenberg

113

Es gibt Leute,
die unterhalten in ihren Köpfen
Fremdenzimmer
für die Meinungen anderer Menschen.

Joseph Joubert

114

Die Laster
der Mehrheit nennt man Tugenden.

Jean Genet

115

Moral
ist einfach die Haltung,
die wir Leuten gegenüber annehmen,
die wir persönlich nicht leiden können.

Oscar Wilde

116

Die geschickteste Art,
einen Konkurrenten zu besiegen,
ist, ihn in dem zu bewundern,
worin er besser ist!

Peter Altenberg

117

Höflichkeit
ist Staatspapier des Herzens,
das oft um so größere Zinsen trägt,
je unsicherer das Kapital ist.

Ludwig Börne

118

Charme:
Dasjenige in anderen,
was uns zufriedener mit uns selbst macht.

Henri Frédéric Amiel

119

Dummheit,
die man bei andern sieht,
wirkt meist erhebend aufs Gemüt.

Wilhelm Busch

120

Aufrichtigkeit
ist höchstwahrscheinlich
die verwegenste Form der Tapferkeit.

William Somerset Maugham

121

Beim Kabarett
und bei der Satire gilt das Prinzip:
Wer sich getroffen fühlt,
ist gemeint.

Werner Finck

122

Schmeicheleien
ist man in dem Maße zugänglich,
wie man sich selber schmeichelt.

Paul Valéry

123

Sentimentalität
ist Gefühl, das man unter dem Einkaufspreis
erstanden hat.

Arthur Schnitzler

124

Bildung
ist das, was die meisten empfangen,
viele weitergeben und wenige haben.

Karl Kraus

125

Dumm
ist nicht, wer etwas Dummes begeht,
sondern wer seine Dummheit
nachher nicht zu bedecken versteht.

Balthasar Gracián

126

Faulheit
ist die Mutter aller Erfindungen.

Curt Goetz

127

Leben ist die Kunst,
aus falschen Voraussetzungen
richtige Schlüsse zu ziehen.

Samuel Butler

128

Manche
leugnen den Jammer
durch Hinweis auf die Sonne,
er leugnet die Sonne
durch Hinweis auf den Jammer.

Kafka

129

Wenn einer mit Vergnügen
in Reih und Glied zu einer Musik
marschieren kann,
dann verachte ich ihn schon;
er hat sein großes Gehirn
nur aus Irrtum bekommen, da für ihn
das Rückenmark schon völlig genügen würde.

Albert Einstein

130

Nichts
wird so fest geglaubt wie das,
was wir am wenigsten wissen.

Montaigne

131

Alle Gegner
einer geistreichen Sache
schlagen nur in die Kohlen:
diese springen umher und zünden da,
wo sie sonst nicht gewirkt hätten.

Goethe

132

Wir leben
zwar alle unter dem gleichen Himmel,
aber wir haben nicht alle den gleichen
Horizont.

Adenauer

133

Er war wie ein Hahn,
der glaubt, die Sonne ging auf,
um ihn krähen zu hören.

George Eliot

134

Ich
bin keineswegs davon überzeugt,
daß sich die Befreiung
vom afrikanischen Medizinmann gelohnt hat.

James Baldwin

135

Ausdauer
ist eine Tochter der Kraft,
Hartnäckigkeit eine Tochter der Schwäche,
nämlich – der Verstandesschwäche.

Marie von Ebner-Eschenbach

136

Ein gelehrter Dummkopf
ist ein größerer Dummkopf
als ein unwissender Dummkopf.

Molière

137

Am seidnen Faden
hing ein Schwert,
sich auf mein Haupt zu laden.
Glaubt ihr, daß mich das Schwert gestört?
Mich schreckte nur der Faden.

Werner Finck

138

Intellekt
zerstört die Harmonie eines jeden Gesichts.
Sobald man sich zum Nachdenken hinsetzt,
wird man ganz Nase.

Oscar Wilde

139

Es erweist sich,
daß das, was Weltkenntnis genannt wird,
die Menschen eher schlauer als gut macht.

Samuel Johnson

140

Das Licht
ist für alle Augen;
aber nicht alle Augen sind für das Licht.

Feuchtersleben

141

Das Wissen,
wie man sich verstellt,
ist das Wissen der Könige.

Richelieu

142

Weisheit
wird dargeboten am einsamen Markt,
wo keiner kauft,
und gefunden auf dürrem Acker,
wo der Landmann vergebens
den Pflug zieht.

William Blake

143

Ganze Sachen
sind immer einfach,
wie die Wahrheit selbst.
Nur die halben Sachen sind kompliziert.

Heimito von Doderer

144

Der Besitz der Wahrheit
ist nicht schrecklich, sondern langweilig,
wie jeder Besitz.

Nietzsche

145

Was ist ein Gelehrter?
Ein unerträglicher Kauz,
der grundsätzlich alles studiert und veröffentlicht,
was keinen Menschen interessiert.

Anatole France

146

Als Pythagoras
seinen bekannten Lehrsatz entdeckte,
brachte er den Göttern eine Hekatombe dar.
Seitdem zittern die Ochsen,
sooft eine neue Wahrheit
an das Licht kommt.

Ludwig Börne

147

Die Menschen
sind gut,
bloß die Leute sind schlecht.

Erich Kästner

148

Tugend
will ermuntert sein,
Bosheit kann man schon allein.

Wilhelm Busch

149

Man
kann nicht erwarten, daß es den Leuten gutgeht
und sie dann auch noch
zufrieden sind.

Karl Petronius

150

In großen Dingen
zeigen sich die Menschen so,
wie man es von ihnen erwartet,
in kleinen geben sie sich so,
wie sie sind.

Chamfort

151

Es liegt nicht daran,
daß die Welt soviel schlechter
geworden ist. Vielmehr ist
die Berichterstattung jetzt sehr viel besser.

Chesterton

152

Die Welt
ist ein Gefängnis, in dem
Einzelhaft vorzuziehen ist.

Karl Kraus

153

Die Menschen
drängen sich zum Lichte,
nicht um besser zu sehen,
sondern um besser zu glänzen.

Nietzsche

154

Wenn die Masse
das Richtige tut, dann bestimmt
aus den falschen Gründen.

Lord Chesterfield

155

Mit der Sonnenseite
des Lebens hat man sich wenig beschäftigt.
Der Dünkel der Denker bevorzugte stets das Dunkel,
denn nur im Dunkeln
sah man ihr kleines Licht leuchten.

Erich Kästner

156

Ein Ekel ist ein Mensch,
der so viel über sich spricht,
daß wir nicht dazukommen,
über uns zu sprechen.

Melville D. Landon

157

Pedanten sind Menschen,
die einen kaum bezähmbaren Drang
nach Unordnung haben,
den sie mit äußerster Strenge unterdrücken.

André Gide

158

Es
gibt nur zwei Arten von Menschen:
Gerechte, die sich für Sünder halten;
und die anderen Sünder,
die sich für Gerechte halten.

Pascal

159

Ich
verabscheue Leute, die Hunde halten.
Es sind Feiglinge,
die nicht genug Schneid haben,
selbst zu beißen.

August Strindberg

160

Die meisten Menschen
wären glücklich,
wenn sie sich das Leben leisten könnten,
das sie sich leisten.

Danny Kaye

161

Der Gescheitere
gibt nach! Eine traurige Wahrheit;
sie begründet die Weltherrschaft
der Dummheit.

Marie von Ebner-Eschenbach

162

Die Menschen
sind so notwendig Toren,
daß es auf eine andere Art töricht wäre,
kein Tor zu sein.

Pascal

163

Toren
und gescheite Leute sind gleich unschädlich.
Nur die Halbnarren und Halbweisen,
das sind die gefährlichsten.

Goethe

164

Die Psychoanalyse
schätzt den Menschen
nicht als jenes dumpfe Triebwesen ein,
wie uns immer wieder verfälschend
vorgesagt wird; sie hat nur erkannt,
daß er sehr viel mehr
unbeherrschte Affekte in sich trägt,
als ihm zu wissen lieb ist.

Alexander Mitscherlich

165

Er schmeichelte sich,
ein Mann ohne Vorurteile zu sein;
und gerade diese Einbildung
ist ein großes Vorurteil

Anatole France

166

Leben:
Im Grunde wird uns ein fremder Hut
aufgesetzt auf einen Kopf,
den wir noch gar nicht haben.

Heimito von Doderer

167

Die menschlichen Beziehungen
sind im wesentlichen die
entfremdeter Automaten,
deren Sicherheit darauf beruht,
möglichst dicht bei der Herde zu bleiben
und sich im Denken, Fühlen oder Handeln
nicht von ihr zu unterscheiden.

Erich Fromm

168

Um
ein tadelloses Mitglied einer Schafherde
sein zu können, muß man vor allem
ein Schaf sein.

Albert Einstein

169

Liebe ist
die Lebensgeschichte einer Frau,
und eine Episode
im Leben des Mannes.

Germaine de Staël

170

Liebe:
Man nimmt einer Frau
die Maske vom Gesicht und stürzt mit dieser davon,
ohne zu schauen, was sie verdeckt hat.

Heimito von Doderer

171

Wenn von Liebe
die Rede ist, kann eine Frau
schneller zuhören, als ein Mann
zu sprechen imstande ist.

Maurice Chevalier

172

Die Liebe
macht mehr Vergnügen als die Ehe,
Romane sind auch unterhaltender
als die Geschichte.

Chamfort

173

Die Liebeskunst
ist außer Kraft getreten;
sie ward zur Leibeswissenschaft.

Eugen Roth

174

Die Ehe
ist ein Kampf auf Leben und Tod,
vor welchem die beiden Gatten
den Himmel um seinen Segen bitten –
denn sich lieben
ist stets das kühnste Wagnis;
der Kampf beginnt sofort,
und der Sieg, das heißt die Freiheit,
verbleibt dem gewandtesten.

Balzac

175

Wenn
man nicht aus Neigung heiratet,
sondern aus Berechnung, beginnt die Strafe
gleich mit der Verbüßung der Flitterwochen.

Heinz Erhardt

176

Wo auf Erden
gibt es vernünftige Ehen?
Man könnte genauso gut von vernünftigen
Selbstmorden sprechen!

Chesterton

177

Der Unterschied
zwischen einer Liaison
und der ewigen Liebe besteht darin,
daß die Liaison im allgemeinen
länger dauert.

Karl Schönböck

178

Die Kette der Ehe
ist so schwer zu tragen,
daß zwei Personen dazu gehören,
manchmal sogar drei.

Alexandre Dumas

179

Heirat:
Eine Gemeinschaft, bestehend aus
Herr, Herrin und zwei Sklaven,
macht zusammen zwei.

Ambrose Bierce

180

Die Ehe
ist die einzige wahre Form
von Leibeigenschaft, die unser Gesetz noch kennt.
Es gibt, außer den Herrinnen des Hauses,
keine Sklaven mehr.

John Stuart Mill

181

Der,
scheint, verstand viel, der einst sagte:
Eine gute Ehe kann es nur
zwischen einer blinden Frau
und einem tauben Mann geben.

Montaigne

182

Wer Scheidungsanwalt ist,
gehört auf jeden Fall
einer Wachstumsbranche an.

Friedrich Nowottny

183

Gefährlich sind nur Dinge,
die du auf die Dauer verträgst!
Ein festes Verhältnis, die Ehe
und Mehlspeisen. Fett und die Hure
sind ungefährlich.

Peter Altenberg

184

Die Prostitution
ist nur eine Fata Morgana des Sexuellen
für Wanderer in der Wüste der Entbehrung.

Heimito von Doderer

185

Weil
Freundschaft und Wahrheit miteinander
unvereinbar sind, ist allein das stumme
Zwiegespräch mit unseren Feinden fruchtbar.

Emile M. Cioran

186

Freundschaft –
ein Schiff, groß genug, um bei gutem Wetter zwei
Menschen,
bei schlechtem aber nur einen zu tragen.

Ambrose Bierce

187

Man kann
eine Frau nicht hoch genug
überschätzen.

Karl Kraus

188

Alle Aphorismen
über Frauen sind notgedrungen boshaft.
Um das Gute an den Frauen zu schildern,
benötigt man viele Seiten.

André Maurois

189

Das
niedrig gewachsene, schmalschultrige, breithüftige
und kurzbeinige Geschlecht
das schöne nennen, konnte nur der
vom Geschlechtstrieb umnebelte
männliche Intellekt.

Schopenhauer

190

Frauen,
die immer das letzte Wort haben müssen,
sind der Traum jedes Auktionators.

Chris Howland

191

Mit einem Mädchen
hat es die Natur auf das,
was man, im dramaturgischen Sinne,
einen Knalleffekt nennt, abgesehen.

Schopenhauer

192

Frauen
tun für ihr Äußeres Dinge, für die jeder,
der mit gebrauchten Autos handelt,
ins Gefängnis käme.

Henry de Montherlant

193

Was Frauen ertragen,
wissen nur Ärzte, Miedermacher
und Schuster.

Flaubert

194

Frauen würden noch reizender sein,
wenn man in ihre Arme fallen könnte,
ohne in ihre Hände zu fallen.

Ambrose Bierce

195

Darin
besteht ja die Teufelei weiblicher Reize,
daß sie einen zwingen,
sein eigenes Verderben
herbeizusehnen.

Shaw

196

Ein böses Weib
hat alle vier Elemente in sich:
in der Luft ist es eine Pestilenz,
in dem Wasser ein Krokodil,
auf der Erde ein eingefleischter Teufel.

Abraham a Sancta Clara

197

Eine Frau,
die sich öffentlich auszieht,
gleicht einem Thriller-Regisseur, der
im Vorspann die Lösung bekanntgibt.

Alfred Hitchcock

198

Der Kenner
flirtet am Strand
mit dem blassesten Mädchen,
denn dieses hat
den längsten Urlaub vor sich.

Marcello Mastroianni

199

Ein kluges Mädchen
heiratet einen Mann,
der beim Militär gewesen ist. Er kann flicken,
stopfen, putzen, Betten machen, ist in Erster Hilfe
ausgebildet,
mit wenig Geld und wenig Freizeit zufrieden
und hat gelernt, Befehle
widerspruchslos auszuführen.

Peter Sellers

200

Die verheiratete Frau
ist eine Sklavin,
die man verstehen muß auf einen Thron
zu setzen.

Balzac

201

Welche Frau ist keusch?
Die, über die der Skandal sich fürchtet,
zu lügen.

Bias von Priene

202

Viele Frauen,
die solide am Steuer sitzen,
träumen eigentlich davon,
per Anhalter zu leben.

Gene Stone

203

Eine Frau
ist ehrlich, wenn sie keine überflüssigen
Lügen sagt.

Anatole France

204

Das Weib
lernt hassen in dem Maße,
in dem es zu bezaubern – verlernt.

Nietzsche

205

Es gibt keine Frau,
deren Besitz so kostbar ist
wie die Wahrheiten, die sie uns enthüllt,
indem sie uns leiden macht.

Marcel Proust

206

Um eine Frau
oder einen Edelstein kennenzulernen,
muß man beide zuerst einmal
aus der Fassung gebracht haben.

Werbung für Juwelen

207

Manche Frau
weint, weil sie den Mann ihrer Träume
nicht bekommen hat,
und manche weint,
weil sie ihn bekommen hat.

Annette Kolb

208

Der Mann
hat eine Liebe – die Welt.
Die Frau
hat eine Welt – die Liebe.

Peter Altenberg

209

Frauen
waren jahrhundertelang ein Vergrößerungsspiegel,
der es den Männern ermöglichte, sich selbst
in doppelter Lebensgröße zu sehen.

Virginia Woolf

210

Selbst im Traum
denkt die Frau nicht daran,
die Männer auszurotten. Das Band,
das sie an ihre Unterdrücker fesselt,
kann mit keinem anderen verglichen werden.

Simone de Beauvoir

211

Männer
leben vom Vergessen –
Frauen von Erinnerungen.

T. S. Eliot

212

Frauen
mißtrauen Männern im allgemeinen zu sehr
und im besonderen zu wenig.

Flaubert

213

Mancher Mann
verdankt seinen Erfolg einer Frau,
die ihm ständig zur Seite gestanden ist.
Noch mehr Männer verdanken ihn aber einer Frau,
die sie ständig in die Seite getreten hat.

Harriet Bowles

214

An der Frau
erlebt man nicht nur die Enttäuschungen,
die sie uns bereitet, sondern auch jene,
die wir ihr bereiten.

Peter Altenberg

215

Ein Mann bewahrt
das Geheimnis eines anderen
besser als sein eigenes;
eine Frau, andrerseits, bewahrt
ihr eigenes Geheimnis besser
als ein fremdes.

Jean de La Bruyère

216

Tänzerinnen
haben die Sexualität in den Beinen,
Tenöre im Kehlkopf.
Darum täuschen sich die Frauen in den Tenören
und die Männer in den Tänzerinnen.

Karl Kraus

217

Das fortwährende Dasein
des Menschengeschlechts ist bloß ein Beweis
der Geilheit desselben.

Schopenhauer

218

Geschlechtlich genommen
ist der Mann eine Einrichtung der Frau,
die den Zweck hat, das Geheiß der Natur
auf die wohlfeilste Art zu erfüllen.

Shaw

219

Die Frau ist da,
damit der Mann durch sie klug werde.

Karl Kraus

220

Was
wäre die Macht der Frauen, wenn
die Eitelkeit der Männer nicht wäre.

Marie von Ebner-Eschenbach

221

Die Schönheit
brauchen wir Frauen, damit die Männer uns lieben,
die Dummheit,
damit wir die Männer lieben.

Coco Chanel

222

Früher
bekam der Mann eine Frau,
die kochen konnte wie seine Mutter.
Jetzt bekommt er eine Frau,
die trinken kann wie sein Vater.

Motto eines Männerklubs in New York

223

Wenn Männer
alles wüßten, was Frauen denken,
wären sie tausendmal kühner.

Picasso

224

Männer halten selten
einen Beruf aus, von dem sie nicht glauben oder
sich einreden,
er sei im Grunde wichtiger als alle andern.
Ebenso ergeht es Frauen mit ihren Liebhabern.

Nietzsche

225

Eine gescheite Frau
hat Millionen Feinde:
alle dummen Männer.

Golda Meir

226

Wenn Männer
Kinder bekämen, wäre die Abtreibung
längst ein Sakrament.

Lore Lorentz

227

Perfektion
an einem Mann kann man bewundern,
lieben kann man sie nicht.

Jeanne Moreau

228

Ein Mann ist stets
so jung, wie er sich fühlt,
aber keineswegs so bedeutend.

Simone de Beauvoir

229

Ein Mann fühlt sich
erst dann von einer Frau verstanden,
wenn sie ihn bewundert.

Kim Novak

230

Der Mann macht Geschichte,
das Weib ist Geschichte.

Oswald Spengler

231

Ein Mann kann
mit jeder Frau glücklich sein,
solange er sie nicht liebt.

Oscar Wilde

232

Niemand ist
den Frauen gegenüber aggressiver
oder herablassender als ein Mann,
der seiner Männlichkeit nicht ganz sicher ist.

Simone de Beauvoir

233

Einen Ehemann
in den feurigen Liebhaber
zurückverwandeln zu wollen
gleicht dem Versuch, aus einem Stück
kalten Hammelbratens ein saftiges
Lammkotelett zu machen.

William Somerset Maugham

234

Ein Mann,
der prinzipiell Gebrauchtwagen fährt,
wird früher oder später eine Witwe heiraten.

Robert Rocca

235

Ein Gatte
ist das, was übrigbleibt, wenn man
dem Liebhaber den Nerv gezogen hat.

Helen Rowland

236

Der beste Lügner
ist der, der mit den wenigsten Lügen
am längsten auskommt.

Samuel Butler

237

So
wie es selten Komplimente gibt
ohne alle Lügen, so finden sich auch selten
Grobheiten ohne alle Wahrheit.

Lessing

238

Ein entscheidender Unterschied
zwischen einer Katze und einer Lüge ist,
daß eine Katze nur neun Leben hat.

Mark Twain

239

Nehmen Sie
einem Durchschnittsmenschen
die Lebenslüge, und Sie nehmen ihm
zu gleicher Zeit das Glück.

Ibsen

240

Ich nahm
die Wahrheit mal aufs Korn
Und auch die Lügenfinten.
Die Lüge machte sich gut von vorn,
Die Wahrheit mehr von hinten.

Wilhelm Busch

241

Man
kann alle Menschen eine Weile täuschen,
und einige Menschen die ganze Zeit,
aber nicht alle Menschen die ganze Zeit.

Abraham Lincoln

242

Es ist weit angenehmer,
zu beleidigen und später um Verzeihung zu bitten,
als beleidigt zu werden
und Verzeihung zu gewähren.

Nietzsche

243

Malicen
soll man überhören. Es ist christlicher.
Und ärgert mehr.

Curt Goetz

244

Charme
zur Haltung gemacht, ist etwas Fürchterliches.
Waffenstillstand mit der eigenen Lüge.

Max Frisch

245

Ein Nachtisch
ohne Käse ist wie eine schöne Frau,
die nur ein Auge hat.

Brillat-Savarin

246

Es ist mit der Herrschbegierde
wie mit der Eßlust.
Bei schwachen Gemütern ist jene oft am stärksten,
wie diese oft am größten ist
bei Menschen von schwacher Verdauung.

Ludwig Börne

247

Eine gute Köchin
in Amerika ist eine Frau,
die sich beim Dosenöffnen nicht verletzt.

Stan Clifford

248

Oft besteht der größte Unterschied
des Reichtums darin,
daß man grüne Erbsen vierzehn Tage früher
als der andere essen kann.

Napoleon

249

Ein Snob ist ein Mann,
der sich, ohne eine Miene zu verziehen,
auf ein Stachelschwein setzt,
nur weil man ihm gesagt hat,
daß dies ein von Picasso entworfener
Stuhl sei.

Stirling Moss

250

Horrorschilderungen
über die Schädlichkeit des Rauchens
haben zur Folge, daß man
nicht das Rauchen, sondern das Leben aufgibt.

Lord Conesford

251

Sehr schlimm:
eingeladen sein, wenn zu Hause
die Räume stiller, der Kaffee besser
und keine Unterhaltung nötig ist.

Gottfried Benn

252

Endlich
weiß ich, was den Menschen
vom Tier unterscheidet:
Geldsorgen.

Jules Renard

253

Wer arm ist,
darf sich was vorlügen – das ist sein Recht.
Vielleicht sein einziges Recht.

Horváth

254

Ein Mann
ist gerade so reich, wie er sich
zu den Dingen verhält,
die er entbehren kann.

Henry David Thoreau

255

Der Reichtum
gleicht dem Seewasser;
je mehr man davon trinkt,
desto durstiger wird man.

Schopenhauer

256

Spätestens
in der vierten Generation
gehen Dollarmillionen
in die Erbanlagen ein.

William Baxter

257

Besitz ist notwendig.
Aber es ist nicht notwendig, daß er
immer in denselben Händen bleibt.

Remy de Gourmont

258

Die Gesellschaft
besteht aus zwei großen Klassen:
die einen haben mehr Essen als Appetit,
die anderen mehr Appetit als Essen.

Chamfort

259

Ein Kompromiß,
das ist die Kunst, einen Kuchen so zu teilen,
daß jeder meint, er habe
das größte Stück bekommen.

Ludwig Erhard

260

Alle
wollen den Gürtel enger schnallen,
aber jeder fummelt am Gürtel
des Nachbarn herum.

Norbert Blüm

261

Wenn Arbeit
adelt, dann bleibe ich lieber
bürgerlich.

Paul Flora

262

Arbeit:
Ein Vorgang, durch den A
Besitz für B erwirbt.

Ambrose Bierce

263

Arbeit läßt sich
wie Gummi dehnen, um die Zeit auszufüllen,
die für sie zur Verfügung steht.

Parkinson

264

Manche Manager
gehen in ihren Betrieben
nach dem Herodes-Prinzip vor: Sie suchen
nach dem am besten geeigneten Nachfolger
und sorgen dann dafür, daß er gefeuert
wird.

Georges Bowles

265

Man muß arbeiten,
wenn schon nicht aus Geschmack daran,
so aus Verzweiflung, da, alles
auf eine letzte Wahrheit gebracht,
die Arbeit weniger langweilig ist
als das Vergnügen.

Baudelaire

266

Vom
Standpunkt der Jugend aus gesehen
ist das Leben eine unendlich lange Zukunft;
vom Standpunkt des Alters aus
eine sehr kurze Vergangenheit.

Schopenhauer

267

In Zukunft
wird sich die Utopie beeilen müssen,
wenn sie die Realität einholen will.

Wernher von Braun

268

Wer
von der Zukunft spricht, ist ein Schurke.
Nur die Gegenwart zählt.
Die Nachwelt anzurufen heißt
eine Rede an die Maden halten.

Louis Ferdinand Céline

269

Nicht die Jahre
in unserem Leben zählen,
sondern das Leben in unseren Jahren.

Adlai E. Stevenson

270

Laßt
mir die jungen Leute nur
Und ergötzt euch an ihren Gaben!
Es will doch Großmama Natur
Manchmal einen närrischen Einfall haben.

Goethe

271

Die Erziehung
ist ein Radiermesser, das
den Klecks durchschimmern läßt.

Jean Paul

272

Ich fürchte,
unsere allzu sorgfältige Erziehung
liefert uns nur Zwergobst.

Lichtenberg

273

Seife und Erziehung
wirken nicht so schnell wie ein Massaker,
aber auf die Dauer sind sie tödlicher.

Mark Twain

274

Der Totalitarismus
nahm seinen Anfang im Kinderzimmer,
und er beginnt noch immer dort.
Der erste Eingriff in die Natur des Kindes
ist Despotismus.

Alexander Sutherland Neill

275

Die Wirklichkeit,
in die unsere Kinder hineinwachsen,
ist eine Werbe- und Erwerbswirklichkeit;
die Werbung wirbt ihnen eine Wirklichkeit an,
die sie nur durch Erwerb
erwerben können.

Heinrich Böll

276

Ach,
diese jungen Leute heutzutage! Die
helfen einem nicht mal bei den Schulaufgaben,
die man für sie macht.

Alberto Sordi

277

Die Jugend
hat Heimweh nach der Zukunft.

Jean-Paul Sartre

278

Es gibt kein problematisches Kind,
es gibt nur problematische Eltern.

Alexander Sutherland Neill

279

Wenn die Eltern
schon alles aufgebaut haben,
bleibt den Söhnen und Töchtern
nur noch das Einreißen.

Karl Kraus

280

Daß
wir wieder werden wie die Kinder,
ist eine unerfüllbare Forderung.
Aber wir können zu verhüten suchen,
daß die Kinder werden wie wir.

Erich Kästner

281

Wir
erforschen uns drei Wochen lang,
lieben uns drei Monate lang, dulden einander
dreißig Jahre lang, und dann fangen
die Kinder wieder von vorn an.

Hippolyte Taine

282

Jugend
ist eine wunderbare Sache.
Wie schade, daß sie an die Kinder
verschwendet wird.

Shaw

283

Nichts
zeigt das Alter eines Menschen so sehr,
als wenn er die junge Generation
schlechtmacht.

Adlai E. Stevenson

284

Ein Mann
kommt in die Jahre, wenn
seine Schulden immer älter
und seine Freundinnen immer jünger werden.

Joachim Ringelnatz

285

Das Alter
hat auch gesundheitliche Vorteile:
zum Beispiel verschüttet man ziemlich
viel von dem Alkohol, den man trinken
möchte.

André Gide

286

Das Alter
der abtretenden Sportler wird immer niedriger.
Ich sehe im Jahre 2001 die erste sechsjährige
Erfolgsturnerin zurücktreten, weil sie sich
in ihren Teddybären verliebt hat.

Werner Schneyder

287

In unserer Jugend schuften wir
wie Sklaven, um etwas zu erreichen,
wovon wir im Alter sorgenlos
leben könnten; und wenn wir alt sind,
sehen wir, daß es zu spät ist,
so zu leben.

Alexander Pope

288

Man könnte viele Beispiele
für unsinnige Ausgaben nennen,
aber keines ist treffender als die Errichtung
einer Friedhofsmauer.
Die, die drinnen sind, können sowieso
nicht hinaus, und die, die draußen sind,
wollen nicht hinein.

Mark Twain

289

Die meisten Menschen
sterben an ihren Arzneien,
nicht an ihren Krankheiten.

Molière

290

Die Menschen
haben vor dem Tod zuviel Achtung,
gemessen an der geringen Achtung,
die sie vor dem Leben haben.

Henry de Montherlant

291

Wenn dem Menschen
am Ende seines Lebens
ein Lächeln übrig bleibt,
so ist das ein sehr anständiger
Reingewinn.

Horst Wolfram Geißler

292

Mit Politik
kann man keine Kultur machen;
vielleicht kann man mit Kultur
Politik machen.

Theodor Heuss

293

Der Staat
ist heute jedermann, und jedermann
kümmert sich um niemanden.

Balzac

294

Sozialismus ohne Phantasie
ist Veterinärsozialismus.

Karin Struck

295

Kommunismus
ist, wenn jeder von allem genug hat.

DDR-Witz

296

Der Kommunismus in Polen
wäre nach den Vorstellungen der Kommunisten
eine wunderbare Sache –
wenn es nur nicht diese Polen gäbe.

Leszek Kolakowski

297

Als ich jung war,
glaubte ich, ein Politiker müsse intelligent sein.
Heute weiß ich, daß Intelligenz
wenigstens nicht schadet.

Carlo Schmid

298

Statistik ist für Politiker häufig das,
was für Betrunkene die Laterne ist.
Sie dient nicht zur Erleuchtung,
man klammert sich an ihr fest.

Herbert Salcher

299

Wer
sich nicht mit Politik befaßt, hat die
politische Parteinahme, die er sich sparen
möchte, bereits vollzogen: er dient
der herrschenden Partei.

Max Frisch

300

Wenn die Österreicher von uns
Reparationen verlangen sollten,
dann werde ich ihnen die Gebeine
Adolf Hitlers schicken.

Adenauer

301

Konschtitution,
des is Teilung der Gewalt.
Der König dhut, wat er will,
un dajejen das Volk,
des dhut, was der König will.

Adolf Glaßbrenner

302

Könige werden nicht geboren;
sie werden durch künstliche Sinnestäuschung
erzeugt.

Shaw

303

Eine Regierung,
die nichts weiter fürchten muß
als das Volk, kann lange dauern,
solange das Volk nichts weiter fürchtet
als die Regierung.

Wolf Biermann

304

Wenn es nicht notwendig ist,
ein Gesetz zu machen,
dann ist es notwendig, kein Gesetz zu machen.

Montesqieu

305

Ausführungsbestimmungen
sind Erklärungen zu den Erklärungen,
mit denen man eine Erklärung
erklärt.

Abraham Lincoln

306

Die Bürokratie aber
ist krebsmäßig an Haupt und Gliedern,
nur ihr Magen ist gesund,
und die Gesetzesexkremente, die sie von sich gibt,
sind der natürlichste Dreck von der Welt.

Bismarck

307

Ein Staatsmann muß sagen können,
was getan werden soll.
Und er muß hinterher erklären können,
warum es nicht getan worden ist.

Churchill

308

Politiker
sind überall gleich. Sie versprechen,
eine Brücke zu bauen, auch dort,
wo es gar keinen Fluß gibt.

Chruschtschow

309

Abkommen
sind wie Rosen und junge Mädchen.
Sie halten sich, solange sie sich halten.

Charles de Gaulle

310

Mein
schwierigster Interviewpartner war
Hans Dietrich Genscher, denn
der Bundesaußenminister hat oft das Bedürfnis,
ganz ausführlich auf Fragen zu antworten,
die man gar nicht gestellt hat.

Ingeborg Wurster

311

Koalition –
das ist manchmal so, als ob
man Ischias und Veitstanz zur selben Zeit hätte.

Dries van Schouvelaer

312

Korruption
ist die laufende Bewässerung
bereits vorhandener Sümpfe.

Wolfgang Gruner

313

Es ist ein Wurm,
der kriecht in den Kanzleien
und auf der Advokaten Schreibtischen
herum, der ist der Interessenwurm.

Abraham a Santa Clara

314

Sozialpolitik
ist der verzweifelte Entschluß,
an einem Krebskranken
eine Hühneraugenoperation vorzunehmen.

Karl Kraus

315

Ein guter Regierungssprecher
ist ein Mann, der Haselnüsse
als Kokosnüsse verkaufen kann.

Carlo Franchi

316

Die Majorität
hat viele Herzen, aber ein Herz
hat sie nicht.

Bismarck

317

Die Regierungen,
welche die Freiheit der Rede unterdrücken,
weil die Wahrheiten, die sie verbreitet,
ihnen lästig sind, machen es wie die Kinder,
welche die Augen zuschließen,
um nicht gesehen zu werden.

Ludwig Börne

318

Wahlen
sind eine gute Sache.
Wenn man gewählt wird, kommt man ans Ruder.
Und wenn man nicht gewählt wird,
muß man nicht halten,
was man versprochen hat.

Peter Whitefoot

319

Die Nation
ist der Abfalleimer aller Gefühle,
die man anderswo
nicht unterbringen kann.

Tucholsky

320

Emigranten-Schicksal:
Die Fremde ist nicht Heimat geworden.
Aber die Heimat Fremde.

Alfred Polgar

321

Sagt,
ist noch ein Land außer Deutschland,
wo man die Nase eher rümpfen lernt
als putzen?

Lichtenberg

322

Ein Volk,
ein Reich, ein Irrtum.

Werner Finck

323

Das deutsche Schicksal:
vor einem Schalter zu stehen.
Das deutsche Ideal: hinter einem Schalter
zu sitzen.

Tucholsky

324

Deutschland
ist das einzige Land, wo Mangel
an politischer Befähigung den Weg
zu den höchsten Ehrenämtern sichert.

Carl von Ossietzky

325

Die Deutschen
sind großer Dinge fähig,
aber es ist unwahrscheinlich,
daß sie sie tun.

Nietzsche

326

In der deutschen Bildung
nimmt den ersten Platz
die Bescheidwissenschaft ein.

Karl Kraus

327

Die Deutschen
bilden sich so viel auf ihre
Bescheidenheit ein; das kommt mir vor,
als wollte ein Hase mit seiner Furchtsamkeit
prahlen.

Ludwig Börne

328

Selbst im Falle einer Revolution
würden die Deutschen sich nur Steuerfreiheit,
nie Gedankenfreiheit zu erkämpfen suchen.

Hebbel

329

Wir Engländer
haben Indien unsere Sprache, unser Recht, die
Zivilverwaltung, Cricket
und demokratische Traditionen gegeben.
Bekommen haben wir dafür Polo, Curry,
die Gurkhas und ungefähr 900 Wörter
von Bungalow bis Yoga.

Geoffrey Moorhouse

330

Ist es nicht merkwürdig,
daß die Engländer beim Tennis-Zählen
für Null dasselbe Wort haben
wie sonst für die Liebe.

Guillermo Vilas

331

Die Engländer
mögen Musik gar nicht so gern.
Aber sie lieben über alles das Geräusch,
das damit verbunden ist.

Thomas Beecham

332

Zu den Vorzügen Amerikas
gehört der niedrige Bildungsstand
seiner Einbrecher.
Wenn diese die Wahl zwischen einem Picasso
und einem Videorecorder haben,
nehmen sie den Recorder.

Billy Wilder

333

Der Durchschnittsamerikaner
braucht weder Uhr noch Kalender.
Er orientiert sich an den Fernsehserien.

Jerry Lewis

334

Russen und Amerikaner
brauchen sich um die Weltherrschaft
nicht zu streiten.
Die zukünftigen Herren des Erdballs
werden die Viren sein.

Peter Glenford

335

Ein
normaler, anständiger Pariser lügt zehnmal
am Tag, eine anständige Pariserin zwanzigmal,
ein Mann von Welt hundertmal.
Wie oft eine Frau von Welt lügt,
hat noch niemand ausrechnen können.

Hippolyte Taine

336

Das
ist das Geheimnis des alten Wiener Cafés:
Der Kellner ist vergeßlich, die Kassiererin häßlich,
die Wände sind grau, die Beleuchtung ist schlecht –
lauter Dinge, die ich schön finde.

Arthur Schnitzler

337

In Wien
beginnt man schon an einem Stuhl
zu sägen, wenn noch niemand draufsitzt.

Peter Weck

338

Unsere Zeit
ist eine Parodie
aller vorhergehenden.

Hebbel

339

Man bedenke,
daß dreißig bis vierzig Jahrhunderte
Arbeit und Aufklärung zu nichts weiter
geführt haben, als daß die dreihundert
Millionen Menschen auf der Erde dreißig
zum größten Teil unwissenden und einfältigen
Despoten ausgeliefert sind; von denen wieder
jeder einzelne von drei oder vier mitunter
stupiden Schurken beherrscht wird.

Chamfort

340

Geschichte schreiben ist eine Art,
sich das Vergangene
vom Halse zu schaffen.

Goethe

341

Hätte
die Weltgeschichte ein Sachregister,
wie sie ein Namenregister hat,
könnte man sie besser benutzen.

Ludwig Börne

342

Die Geschichte ist nicht viel mehr
als eine Aufzählung der Verbrechen,
Narrheiten und Unglücksfälle
der Menschheit.

Edward Gibbon

343

Klatsch ist bezaubernd!
Geschichte ist nur Klatsch.
Aber ein Skandal ist Klatsch,
der durch Moral langweilig gemacht wurde.

Oscar Wilde

344

Denn
was in der Gegenwart geschieht,
erfährt man in der Regel erst
eine ganze Weile danach
von den Historikern.

Ludwig Marcuse

345

Der Historiker
ist ein rückwärts gekehrter Prophet.

Friedrich von Schlegel

346

Das einzige,
was man aus Erfahrungen lernt,
ist die Erkenntnis, daß man nichts
aus Erfahrungen lernt.

André Maurois

347

Viele
verlieren den Verstand nicht,
weil sie keinen haben.

Balthasar Gracián

348

Ach du,
ach das ist dumm.
Wer sich nicht in Gefahr begibt,
der kommt drin um.

Wolf Biermann

349

Man kann sich
auch an offenen Türen den Kopf einrennen.

Erich Kästner

350

Frage:
Was ist leicht und was ist schwer?
Antwort: Solche Fragen zu tun ist leicht;
sie zu beantworten ist schwer.

Lichtenberg

351

Wer einen Standpunkt
allzu lange vertritt,
bekommt schiefe Absätze.

Gustav Knuth

352

Es ist besser,
weder lesen noch schreiben zu können,
als weiter nichts zu können.

William Hazlitt

353

Ein großer Klassiker
ist heutzutage ein Mann,
den man loben kann,
ohne ihn gelesen zu haben.

Chesterton

354

Indessen
ist die größte Eiche einmal
eine Eichel gewesen,
die jedes Schwein verschlucken kann.

Schopenhauer

355

Die Schritte
des Postens draußen vor der Zellentür
sind die einzigen Schritte,
die für mich unternommen werden.

Werner Finck

356

Ich bin kein Jude!
Ich sehe bloß so intelligent aus!

Werner Finck

357

Der einzige Weg,
eine Versuchung los zu werden,
ist, ihr nachzugeben.

Oscar Wilde

358

Alles
auf dieser Welt ist relativ.
Fragen Sie einmal Gänse und Truthähne
nach ihrer Meinung über Weihnachten!

Peter Willforth

359

Das Recht
hat die merkwürdige Eigenschaft,
daß man es behalten kann,
ohne es zu haben.

Joseph Unger

360

Mancher Indizienbeweis
ist recht überzeugend:
etwa, wenn du eine Forelle
in deiner Milch findest.

Henry David Thoreau

361

Ein Feuilleton schreiben
heißt auf einer Glatze
Locken drehen.

Karl Kraus

362

Ein schäbiges Kamel
trägt immer noch
die Lasten vieler Esel.

Goethe

363

Der Leichtsinn
ist ein Schwimmgürtel
für den Strom des Lebens.

Ludwig Börne

364

Wer
kann wissen, wo der Mund aufhört
und das Lächeln beginnt?

Heine

365

Auch
das schlechteste Buch
hat seine gute Seite:
die letzte.

John Osborne